水盤の水

Kurihara Mioko

栗原澪子

北冬舎

水盤の水✿目次

I

一九七〇年代

一九八〇年代

II

装画＝畑 晩菁
装丁＝大原信泉

水盤の水

I

一九七〇年代

渇る

赤松の幹のうろこを剝ぐごとくわが恥は現は
さむ総身に

床上に踏まるるガムの卑屈ともあるときは蹴りたし羞恥

百の燭さゆらぎやまぬ白木蓮《はくれん》よわが揺曳もかくは華やげ

「明日よりは秋成読まむ」議事半ばにて脈絡もなくさう思ひ決む

わが持てる渇ゑのもとの見定めがたく満場一致に遅れしたがふ

水洗トイレの溜りに映りうつそみはひそやかにしておのづからよし

花柄の褪せしシャツ嫁に着せられゐて仇敵たりし叔父は中風

八紘一宇の日も自民党小ボスの時もあなたは
六反五畝の分家

有馬頼寧の弟子なりしあなたの戦時託児所わ
がをさなきメルヘン

街ゆき

四十歳代半ばにして仕事を東京に移す

固まりしハンカチひとつポケットにありて昨日より幾度か触るる

目の前に屑かご満たしゆくチラシ渡し続くるかかる労働

やはらかにラジオ拭きをりベスト藍き老靴みがき客居らぬ間を

素通しのビニール傘を愛用すわがものといふ
愛着のなく

図体のぐるりに小さき灯をまとひ夜目には愛
し長距離トラック

諦めてタクシーに人は走り去りバス停に雨な
ほしとどなる

試供品のシャンプーなぞを丹念に蓄めゐる見
れば若きもさみし

働きて家具買ひためし娘《こ》の下宿《へや》の学習机にワッペンそのまま

眼のうちのカメラはるかに東京といふ密雲塊のワッペンはかな

夜おそき駅のトイレにひたすらに髪梳く少女
の固き身構へ

待つわれら列にて気負ふ入りて来る折り返し
電車いまだのどかに

近き席にしきりと咳の聞えしが降りし人波の
中をしゆきぬ

急停車の車内にいちど流れたる飛び込みの報
その後を知らず

夜更くればせせらぎに似るマンホールの水音
かなし沿ひて帰れる

農政書読みつつ

こもりたるひと日の無為を截るごとく隣家の
車庫のシャッター下る

風の渦翔《かけ》り飛ぶ二羽ありき換気に開けし窓の
視野なか

ストーブにつま先焼けば立つにほひしばしの
刻《とき》が匂ひて見ゆる

農政書読みつつ思ふ実学の前に詩歌よ奢るなかれと

自作農かつて日本の農政の宿願たりきいま足枷か

土地所有イコール自立の道ならず農地争議の
記憶も遠し

良心的農政官僚なる語彙の昭和恐慌をめぐり
て著《しる》し

『農業は生き残れるか』町住みの夜々に読む
われも農の裔

ひとすぢに運動に信を託し得て貧しき時代ふ
と幸のごと

色褪せしガリ刷り冊子「赤トンボ」紙芝居屋
の戦後の理想

生《あ》れたてのデモクラシーよ紙芝居屋の戦後冊
子の誤字と希望と

やはらかき緑の夜気の彼方より選挙事務所の
ざわめき聴こゆ

市役所の開票速報聞かむとて明けたる窓に朧
夜ふかし

ルナールの日記

ルナールの日記は愉し大き雲よごれた下着包
みのやうと

夢、それは思索の贅沢品——ルナールのメモ
は贅沢な雫

猫こそは家具の生命だ——わが部屋も一閃に
してルナールの比喩

ジャワ更紗と白秋呼びきスカンポの今朝も南
蛮渡来の色す

水色の園服の子とさうでない子とまぜこぜに
公園の砂場

車とめジューススタンドに寄りてゆく若者は
両手をポケットに入れ

地球もいま飛びつつあらむ梅雨晴れの野に弧
を描《か》きて飛ぶオートバイ

美容師に髪洗はれてうら懈《たゆ》し地球の終末《つひ》はまだ遠からむ

浴槽のひびのことなど語りをりサントリーホールの席に娘とゐて

生《なま》の牡蛎すする娘よわが知らぬ嗜好のいくつ
身に加へゐむ

一九八〇年代

追はれる日々

印刷所、洋紙店、製本所、都内往復しげし

酩酊に遠く生きゐて風邪薬のめまひやさしき
ものに数ふる

券売機にもときに頑《かたくな》なるがあり皺ある札をきびしく返す

車内中の視線集めて広告を換へゆく人の無駄なき動き

食事時ならぬに入りしうどん屋のわがため立つる幾つかの音

組まれゆく高層の梁に吊るされて道具袋が夕日に赤し

凍てし夜の道すがらにて恃みをり小さき電球を点す犬小屋

朝のミルクの噴きて落とせしアルミ蓋夜更けの床に待ちゐきわれを

仕上げたる本に残りし誤植ひとつ胸に胃の腑に銃痕のごと

マグマなす地球創成のテレビにも消さることなし誤植の印字

ひとりまたひとりと傘のひらかるる路上のしぐさバスの窓沿ひ

宵の雨をなつかしと窓に見てゐしがバスを降りればひたすら急ぐ

終駅のひとつ手前に乗りきたる男四人《よたり》の酔ひと訛りと

借りし傘ワンタッチにてわがための撥音ありき夜ふけの駅に

午前一時の台風ニュース聞きて寝むと深夜の
居間を煌かし居る

まあかるき朝《あした》に醒めて何かさみし嵐は向きを
変へて去りにき

タクシー乗り場にトラックが来てアフリカン
身を二つ折り助手席に消え

拡げしは競馬ニュースか乗り合ひし男二人の
たちまち親し

数駅を意気投合の一人降り残れるは新聞を腰にしまひつ

わが行く手何あるならむ献血車曇天の下に白き幕張る

II

一九四六年——一九五八年

十代の歌

ひとりの姉と

五月光川原に昏しバレーボールに競ふ友らの
遠き喚声

春蟬の鳴きそむる日の明るさに溶けて透けゐる哀しみのツブ

蠅のとぶ昼のねむりの寂しさは幼き日より知りて来にけり

夕風はこころよきかな高き畑に籠を下ろして
西に向きたつ

七月の灼けたる土に青虫を殺してわれに長き
謐《しづ》けさ

黒揚羽百日草にしづまれば秋は四辺にひろがりゆくも

槲の実の稚きが青き尻つけて納屋の戸口に散る頃となり

いきどほり走り出でたる月の夜の大き黄菊の
立ちのしづけさ

月光に花囲ませてこの家に生きてゐたのはひ
とりの姉と

桐のはな

君と吾がめをととなりし朝《あした》さへ菜の花は黄に
咲きてかなしも

いつとせの恋を果たして柿の芽の萌ゆるをみれば寂しかりけり

おそ春の簗庭かげの石に来て義弟《おとうと》は何と日を暮らすかや

六月の雨のしづけさ折々はミシンの音の階下に聴こゆ

桐のはな木に高く咲き大家族の嫁のあしたは明けるに早し

おもひ余るひと日なりけり出迎へて受くる鞄のはつかな重み

うつろなる母

婚家を出て町に住む

幼きは目覚めに何を思ふらむしばし黙してま
たたきてあり

幼きの発熱《ねつ》まだとれず雨だれにセルロイドの
旗紅く濡れゐる

春終日飴工場の煙くろぐろと戸の面に見えて
子は病みつづく

考へること母に多くて幼児の片言にしてひとりごちゐぬ

幼きも車窓によればその小さきつむりの髪を風になぶらす

かくのごときこと知りにつつ人はなほ残れる
言葉ありとたのむや

背な見せて夏野離《さか》りし三年《みとせ》まへすでにその背
は何か告げゐき

目覚むよりはやしのび来るかなしみの今朝雨
の音と共に来にけり

思ひ疲れ厨に立てば乱れたる朝餉のあとに移
りゆく陽光《かげ》

うつろなる母を諦めしよんぼりと積み木にゆきて遊ぶスナヲよ

うつぶせに眠る子みれば涙ながる牡丹園には木馬が来しに

原爆のこと水爆のこと殊更に思ひ描けど心は起たず

訊《ただ》してはなほ訊しては惑ひゐる怒り狂はば救はれなむを

みちはただひとつなるべし君ひとり吾ひとり
なる夢捨つること

往く人のまなざしにふと驚きてわれにかへり
ぬ街のまひるま

久々の喫茶店さえ何がなしうしろめたくて国
の貧しさ

美術館の食堂に来てなほ思ふ今日も麦刈る義《ち》
父母《ちはは》のこと

添ひ寝して子は眠れども読みかけし百合子の
本は置くに惜しきかな

考へに家賃を忘れゆとりあるごとく思ひぬ束
の間なりき

明るき声尽くるともなしコッペパン夕食として集ふ人々

破れたる靴下そつと障子《と》のかげに脱ぎて入り来ぬ若きメンバー

勤評をたたかふ夫は幼きの髪に頰つけて朝を
発ちゆく

かたはらに幼きねむり傍らに夫の眠りわれは
つよくなりたし

一九六〇年代

開園

空き家となつてゐた農家に引つ越し、地域はじめての保育園づくりをこころざす

ノリコ二歳吾子二歳よりセンセイと呼ばれぬはれて開園となす

二人なる園児尊《たふと》み日すがらを砂あそびしぬメーデー遠く

夫も友も諾《うべな》はざりし開園日家主の縁者祝ふと来ぬ

ぢいさんを守衛に雇へ、園児《こ》の数を掛けた家
賃、とその人いへり

夢に夢の先達ありて貸しくれし屋敷といへど
利の輪のひそむ

足手まとひの子のある家を数へあげ利を待つ
人の助言手堅し

「俺は残る」言ひゐし夫が越し先に夜を帰り
来ぬ自転車の音

いそいそと迎へて言はる「期待するな」その言やよし関門突破

茶屋酒屋八百屋の軒をめぐりゆき保育園の行商人われかな

新入りのベソを囲みていとけなき三人《みたり》が片言
になぐさめゐる

歌うたひ径の花摘み児ら連れて橋までは来ぬ
あとは何せむ

小学二年の長女の下校待たるかなトイレにゆきたし何か食みたし

入所希望けふも六人現実はわが胸の夢越えゆくごとし

外見も保母の資格のうちなりとスカート縫ひて持ちくれし友

小さき合羽《フード》小さき目鼻も雫してキヨシ君けなげ入梅《つゆ》の早朝《あさ》あさ

ミゼットに送りてくるは八百屋酒屋、先生ナースほか自転車組

家恋ふて泣きやまぬ児よ解放の理想といふもときに罪《とが》めく

おびえゐしがおづおづと掌を求め来るけがれなき血よわがうちにあれ

家離れわれに縋らむほかのなき幼《おさな》の寝顔つくづく見らる

これぞわが夢みし日々か絶ゆるなき叫び物おと喧嘩おもらし

消し忘れのラジオは『レベッカ』流しゐぬ階段の上なる別天地

園祭り

園祭り催しくるる友らゐて紙芝居児と見れば
泣かるる

日替はりに手助けにくるメンバーの一つづつ
われに授けゆく智恵

反《ほ》故《ご》文書《もんじょ》夫に商ふ古物屋のプレゼントは中古
洗濯機

洗ひ機のハンドルまはし脱ぎしシャツ絞る実
演見せて木田さん

炎天下ひとすぢ庭の土掘らるわがよろこびも
走らむ水路

工事夫の汗も貴し上水道カンパしくるる老婦人ありて

保育園守る会とて夜を集ふ人らの中に夫もまじれる

いとけなき同志

日曜もみるほかはなしシズヲ母子どこの訛か訴へ重く

滑り台の上より小便かけこしは娘《こ》とゐるわれに何を見たるや

前に吾子荷台にシズヲ「きらきら星」うたはせてゆく夜の自転車

夜九時のパチンコ台の電飾のせめぎの中に働ける母

花拾ひ青き実拾ひ紅葉《もみじ》拾ひ柿の木のある戦場六月《むつき》

若き保母小川さん来て青年も幼らに囲まれてゐる午後

猫、子どもほんとは嫌ひ悪びれず笑みし小川さん日々にたのもし

泣きゐたるクチバシそろへ歌うたふあはれい
とけなきわが同志かな

認可

社会福祉法人立認可保育園となる

組合の若き教師も認可請ふ書類づくりの徹夜にまじる

とりどりの筆跡あつむ申請書和紙複写こより綴じが厚し

高級車《くるま》駆り迎へに来たる母親の社長の妻の見せゐる涙

夜を来ていそがはしきを涙して洩らさむ事情
この母も持つ

晴れて出所かなひたるらし晒し綿の腹巻男シ
ズヲ迎へに

ぎこちなく佇ちたる父の帰りゆくうしろをシズヲの細き脚追ふ

返せざりし歳暮の砂糖互ひなる切実ながき日曜保育

園舎増し認可も得たりそれよりも遂に私的なる所有解きたり

耐へ難き屈辱感を生きし故の私産提供と女《ひと》は明かしぬ

給食を事務を保育を友と分く夜は訪問陳情共にす

またしてもちびつこどもの話かと夫に言はせてわが園児愛

さくら組

とりどりにかはゆき目持つ恐竜の今日は四体
マサミ工房

はらばひてエリちやん描く猫のくに色鉛筆の
彩色やさし

微粉まとふチョコレートより目に映ゆき泥の
団子はヒトシが作る

逆立ちのエキスパートのリコ今日もめぐりに
男《を》の子あつめて

タカシ飼ふ毛虫小隊椅子下の空き缶いでて放
射列なり

合奏に集中しくる五歳児よ「クシコスの馬車」リズム器冴ゆる
（「クシコスの郵便馬車」）

タンバリン、カスタネットも小太鼓も耀く瞳となりて鳴り了ふ

「センセイまたやろうね」充足のひと息おきて児がいひにくる

口ごとに飴ひとつづつ茫々の草穂のなかの三時のおやつ

園外保育犬も共にすカリカリと飴嚙みくだき
児らに叱らる

草なかの石に児ら散りハーモニカ合奏すれば
犬も鳴きそふ

綱持つ手また変はりたり走りゆく犬と児の背に光る秋風

冬休み数日当ててヴェトナムの写真展ささやかなれど展く

昼寝用の蒲団引き取るその足で写真に見入る
若き父母たち

頭より背中いちめんナパームに灼かるわがさ
くら組ほどの児は

幼きの目にははばかる酷き光景《けい》児はボールも
て庭にとどめつ

『エルマーの冒険』

床《ゆか》の面《も》に小さき頭《つむり》を置き去りて夢のしじまの
園庭皓し

まなうらに水ふかくして沈みゆく錘《つむ》ときに見ゆ児らの入眠

読み聞かすページの果てはまちまちの眠りに従《つ》きていづく行きけむ

（『エルマーの冒険』）

藪すかし沼水ひかる裏手窓児らが眠ればば蛇の子が来る

賑はしき会議なりしが給与表相互検討に入ればば声なし

だれちゃんの話となれば時忘れ面かがやかす
保母らよけれど

自主的な討議といふは自主的な超過勤務を謂
ひゐしものか

会議終へ日付け変はれど曳きてゐる想ひに洗ふ凍てし白菜

わが裡にそだてし懼れ乳児棟学童児棟竣工《な》りて膨張《ふ》くらむ

児に交じり日暮れを忘るさま十年《ととせ》良寛さまに
遠き道来つ

III

一九九〇年代

ソ連邦崩壊

ゴルバチョフ失脚の第一報は昼どきの憩ひ番
組の中に入りきぬ

戦況を流すテレビに釘づけのわれに幾度か猫寄りて去る

スポーツを評するごとき面持ちのソ連通解説者を憎む

テレビ消せばつくつく法師の声しきりモスクワに血の脅威去りぬと

ソヴィエトの政変に魂うばはれて三昼夜ありぬ夏の衰へ

歴史といひ必然といひ人間の挑みしおほいなる夢潰ゆ

癌病棟

痛き靴よりゆるゆると抜く足のごと夢の内なる憂ひをのがる

「性《たち》のよい腫瘍とは言へませんね」医師たんたんとわれに告げゐぬ

医師の目にわが先行きの如何ならむただ穏やかないろのみ見せて

梅雨晴れの朝《あした》に覚めぬわがうちに癌もひと日を刻むなるべし

わが不在《るす》に夏は来るらむ茣蓙、レースやや早けれどなつかしみ敷く

あるいは声を諦めるべきときありと執刀医に説かれ頷きて来ぬ

舌切りて口にガーゼを垂らしつつ手まぜに語りあかぬ二婦人

癌の部位に即して分くる病舎にて術後の姿部
屋ごとに似る

「ふんふん」と軽きハミング混入《い》りてゐぬ娘
の録音《と》りくれしボレロのテープ

移動ベッドに寝ねし視線に目守りゆくエレベーターの階の点灯

*

牛、馬の持てるかなしき目つきして夫と娘の
佇てるが見えぬ

許されて術後はじめて舌に受けし林檎ジュー
スの貴きあまさ

半ば睡り半ば聴きゐるテープにて光源氏の舞ふ青海波

癌のうちにも良きと悪しきを人は言ひ同室者にて優劣捨てず

退院の許しいでたり着て帰る衣装こまごま娘《こ》に頼みやる

コインロッカーに娘は退院の荷を預けコーヒー店にわれを誘へり

タオルシーツはためく庭に百日紅のくれなゐ
もありああ退院す

ワープロの音いま止みぬ「お茶にする？」娘《こ》
の声が間なく父を呼ぶらむ

束縛の場と思ひ来し厨辺の立つる音《ね》やさし臥せりて聴けば

手術あと頸すぢに持ちスカーフのやや派手なるを己れに許す

いつもわが坐しゐる向きに夫がゐて何か自前のもの食むる夢

遠きより何やら声す「ああまたこれね」昏き水けんめいに掻きわくる

ゴン帰る

白菜漬け小樽に分けて届け来し姉は重しの石も添へたり

濡れ新聞濡れビニールに包まれて生家の三つ葉の清きが届く

高値にて南天の実の売れしこと鵯《ひよ》にすまながりて姉言ふ

姉よりの電話の末の今日もまた野鳥《とり》の話になりてより終《や》む

「ゴン帰る」と暦に記しぬ首尾は知らず睡りに睡るのみに耽け猫

耽け猫も戻り来にけり五年ぶりの降雪の予報聞きつつしづか

奥さんの足音たえず内と外ゆききして隣家冬も堅牢

捕はれて狂ひ踊れる野良猫の麻酔の故のかなしき弛み

薬品の臭ひにまみれ帰れるを仲間の猫が舐めに舐めゐる

大小の蟻いそがはし猫の吐瀉の痕跡《あと》しまらくの生きの賑はい

還暦に間近きわれを幼名に呼びて寄り来し人の目ふかし

亡き叔母にわれのそつくりなる由を誰かわからぬ人しきり言ふ

喪の家に桜しきりと散り流るわが記憶には無き大樹にて

チェルノブイリ

汚染されしロシアの大地見のかぎり青き麦穂は風にゆられて

物怖ぢと人なつこさを眸に湛ふ農夫の掌にて
ガイガー震ふ

ドイツ軍の凌辱に抗し守りたる村を襲ひし放
射能とぞ

ぐさと胸に計器を刺され少年はカメラのまへ
に声挙げず耐ふ

移送車は村境を出づ汚染区に残りし老人が涙
をぬぐふ

データーは集めらるべしさはあれどデーター
すなはち生体実験

豊饒の神を祀ると老女らは膝折りて汚染の土
にキスする

反核に「いかなる国論争」かつてあり大国の
論理今もそれなり

家居

昼餉どき米自由化を語りあふ植木職人は農家の出らし

アルマイトの弁当箱を持ちてくる植木職人よき腕をもつ

植木屋のお茶の話題の野菜つくり花つくり鉢つくり気合ひ増し来ぬ

一日《いちじつ》の長あるらしも歯の反りし職人の声たがはず強し

手入れ終へし松の清しさ樹脂《やに》の掌にタバコとりつつ植木屋みあぐ

勝手口にすだれを吊ればひつそりと潜りて猫の終日出入りす

わが猫の眠りの深き時間帯日にずれつつも凡そ型あり

買物の帰り待ちうけ猫五匹わが自転車のあとさき走る

成りゆくを日々ながめ来し家ひとつ物干たちし日より人住む

午後まなくマイクは止みぬ保育園の運動会の早きおひらき

出迎へて「面白かつた？」と訊ぬれば幼すげなく「ふつう」と言へり

梅雨のころ仔犬の悲鳴聞きしあたり今日秋空
に門まもる声

藪の草刈られしは昨日《きぞ》か堆《つ》み草のあざみの花
の色いまだ濃し

白き萩咲きしだれしにその花のこまかさほどの黄蝶来てをり

入りつ陽に上三分の一照らされて電柱が壮麗なるものとして立つ

二〇〇〇年以後

『国史美談』

『新しき歴史教科書』妖しやな『国史美談』の幽霊《おばけ》のごとし

日中戦を侵略ならずと年下の直ぐなる友が真剣に言ふ

心おかず交《まじ》りし月日歴史観に触《さや》らざりしの互ひの驚愕

事実もて語りあはむと願へれどその事実にて
すでに距たる

「マリアナ海戦」を観て

零戦は防禦の手だて欠く機にて精鋭をあたら
死なせしといふ

攻撃のみ唯一至上にて零戦の燃料タンクは裸なりしと

ガソリンを惜しめば発着訓練も打ち切りに出撃せしめしとは

人命軽視が根源にありてレーダーの開発の要
無視されしとぞ

電子技術劣れる空に発たしめてあまた若きに
犬死を強ふ

日米の電子技術の差に見たるマリアナ海戦のいたましき相

対テロ

強国に買はれし群を解放軍とて戦車の上より
報ずるニュース

まじなひもグローバルにて対テロといふ呪文
電波にめぐる

テロリストの悲しみ知ると歌ひたる啄木の遠
き孤独を思ふ

忠臣蔵もテロならずやはそを愛づる人らの誇るテロ特措法

不一致を生き来しわが家気《やけ》がつけば戦争観などふかく共にす

水盤の水

夫と乗るバスめづらしく右左《みぎひだり》問ふこと多し
付き添ひなれども

昼食を院外《そと》に摂らむといふ夫に軽くしたがふ
検査の待ち間

そのかみの療養所にて路ぞひに残りし野川草
洗ひゐつ

注文は「握り飯セットふたつ」外《と》の面《も》ひろびろ早稲の刈田か

余儀なくて再開したる運転のよみがへらせて遠き逃げ水

助手席にかつてありしは子供、仲間、チューター、老ひてしづかに夫を乗せゐる

運転歴二十三年中断して二十一年ハンドル茫々

*

独りゆくがモットーならずや娘ら来ると告げ
来し日付け三度問ふ人よ

長く父を拒みゐし長娘《こ》が椅子よせてキャンデーの紙むきてやりゐる

また来るとベッドに別れ告げし娘が今日の夕焼けをもう一度言ふ

家井戸の水汲み来よと老ひ妻にダダこねる声
ＩＣ夜更け

つるべ井戸か手押しポンプか深きより汲みし
つめたき水を恋ふらむ

消灯の待合室にたむろする家族のなかに光る
児の目《まみ》

午前一時船底のごとき警備室若きガードマン
ゴルフの素振り

朝《あした》待たぬ電話のベルをおそれつつ眠剤の青
き粒急ぎ噛む

*

延命はどこからを言ふ痰ひかれ宙にあらがふ
人救ひたし

お得意の屁理屈もよし嫌味にてもよろこび聞
かむ何か言ひ給へ

たちまちにモニターの波水平に変へしめしのみ人は応へず

白髪《かみ》の辺に涙落とせば眠れるをさやるごと吾の惑ひてぬぐふ

うながされ呆然として室を出づナースにはなほ仕事あるらし

冬晴れのうすらに蒼き秩父嶺に真向ける道を家に帰らしむ

心やすく検査は受けぬ連れ立ちて待ち間を外に食べしかの日よ

院ちかく秋の野川は水さはに流れて畦の草梳きてゐつ

人らみな帰りし喪家をコトコトとあるかなき
かの地震《なゐ》がとひゆく

なににつけ自説述べしに寂《せき》としてなさるるま
まの面かなしき

ベッドより落ちてつくりし唇の傷もちしまま
遠く逝かしめし

ひしひしと沈黙の人ら並みすすみ棒のごとく
の悼みさしだす

ためらはず声を放ちて哭くひとのしどろもどろの供華《くげ》も目にしつ

棺をおくり回廊ゆけば舞ひしきる雪片黝《くろ》しまばたけば白

へだてなき友がつと寄り「ムツカシイ人ノ葬
式ニハ雪フル」と

*

遺品とは生ぐさきもの使い捨て紙雑巾は山なせどなほ

おびただしき写真いづれもわが知らぬ陽光にしてひとの頬笑み

喪の家を慎しみ囲みその動きさだかならざる
風かあるらし

点滴の夫待つ間を馳せゆきてプールにあげし
しぶきの陰画

指にぎり放さざりしを諾ひの終《つひ》のサインとわれは受容《い》れなむ

四半世紀見慣れし夫の自転車が或る日の向きのままに佇ちゐる

乗りし日の傾きならむ首さげてサドルはうすき夜霜をのする

音たてて猫が水盤の水をのむ生きて水呑むことのよろしさ

デパートのインテリア階ゆきもどり仏となり
し人にもの買ふ

あたらしき仏壇の塗りわが生くるこまかき埃
朝夕にしるし

ゆきかへるふかき悼みも憎しみもわが裡のもの他人《ひと》よ手触るな

来信の無き日のポスト夫ありし年月われの知らざりき空白《ほら》

主なき書斎《へや》の障子に迷い来て花粉まぶしの下肢映す虻

小さき尻に黄粉まぶして花虻の消えいゆくさき真昼間の闇

陽を残すシャツ

風の無き午前を選みシクラメン終はり近きに
陽を吸はしめつ

園児ひとりまづ帰り来ぬ大き腹の迎への母が
ややありて通る

頼まれてシャッター押しぬ薔薇園に孤り来し
人のしづかな笑顔

夕暮れの車窓より見ゆグランドの草に干されて陽を残すシャツ

自己愛の亡者と笑ひゆるし来しをとこの貌のなぜに揺らぐや

「かはいさうな生涯」と悼むことだけは必要なしと決め来しものを

紙に受けし爪の切り屑捨てむとししばし見詰めゐたるは何ぞ

花終へて

花終へて緑の群にかへりつつ樹々は沈黙の時
に入るらし

うつすらと雨ふりしらし在りし日といふごと
自転車のタイヤ跡

ゴム長の小さき足音若き母のやはらかき声窓
の外過ぐ

訪問の人は神のこと告げむとす吾は火にかけし鍋のこと言ふ

帰りしな杉浦さんはわが門の松の毛虫を潰してゆきぬ

堀さん家《ち》と疎遠なるわけ玉砂利を敷きつめし
庭のせゐにはあらず

稿終へしあとの机の片付けに長き時間をかけ
て夜をゐる

ひめじおん道ばたに咲き朝々の保育園児の列
のたゆたひ

大声につぎつぎ児らの名を呼ばふ散歩引率の
保母土手のうへ

職の持つ明るさならむ高き声に児ら呼びあげて保母は率《ゐ》てゆく

秋の蝶何をか求む陽にあかき舗石にゐしがわがセーターに来つ

忘れ物とりに帰れる風情して差し戻してはか
げる冬の陽

満天星《どうだん》のこまかき落ち葉おのづからその枝《え》の
下の土となりゆく

墓訪へばもどる車の窓の果てあはき機影の懸かりて去らず

レジの列に聞きつつ思ふＰＴＡを語る女《ひと》らの声の勢ひ

百円ショップダイソーは好き背の高き黒人女性とレジ譲りあふ

初デモと羞しみ言へど「NO WAR」の文字うつくしき友のプラカード

ドス利《き》けるシュプレヒコール車椅子の女性の声は列を励ます

ならみゐて見知らぬうれし吹き降りにとりどり叫びとりどり濡るる

背に負ひしイラクの幼の顔写真風雨《かぜ》に翻《かへ》れば
戻しくるる手

あとがき

メモ帖、日記帳、読みさしの本の欄外などに走り書きしたまま、長く放置してきた三十一文字を、集めてみる気になりました。半分がたは行方不明、また集め得たその多くも反故同然といふ、つまりさういふレベルの心覚えなのでした。

ただ、レベルはどうあれ、自分の生きた「時々の記録」として、いちがいに捨て去り難い思ひがありました。

そんな三十一文字集に、助言と手助けを惜しまず与へて下さいました畏友大西和男さん、北冬舎の柳下和久さんに、心より感謝申し上げます。

栗原澪子

二〇〇七年八月

著者略歴
栗原澪子
くりはらみをこ

1932年(昭和7)、埼玉県生まれ。詩集に、『ひとひらの領地』(78年、詩学社)、『似たような食卓』(89年、同、第21回埼玉文芸賞)、『日について』(95年、同、第2回埼玉詩人賞)、散文集に、『黄金の砂の舞い―嵯峨さんに聞く』(99年、七月堂)、『日の底ノート 他』(2007年、同)がある。

現住所＝埼玉県東松山市松山町2-7-7

水盤《すいばん》の水《みず》

2007年11月1日　初版印刷
2007年11月10日　初版発行

著者
栗原澪子

発行人
柳下和久

発行所
北冬舎
〒101-0062東京都千代田区神田駿河台1-5-6-408
電話・FAX　03-3292-0350
振替口座　00130-7-74750

印刷・製本　株式会社シナノ

ISBN978-4-903792-06-4 C0092

野いばら咲け

井上光晴文学伝習所と私

山下智恵子
Chieko Yamashita

風媒社